APPRENTIS LECTE...

Catc... compte ...out

David Gisler

Illustrations de Sarah A. Beise

Texte français de Louise Prévost-Bicego

Éditions SCHOLASTIC

À tous mes petits amis de chez Debby-Doo
—S.A.B.

Catalogage avant publication de Bibliothèque
et Archives Canada

Gisler, David
Catou compte tout / David Gisler; illustrations de
Sarah A. Beise; texte français de Louise Prévost-Bicego.

(Apprentis lecteurs)
Traduction de : Addition Annie.
Pour les 3-6 ans.
ISBN 0-439-95831-8

I. Beise, Sarah A. II. Prévost-Bicego, Louise III. Titre.
IV. Collection.

PZ23.G58Ca 2005 j813'.54 C2004-906953-5

Édition publiée par les Éditions Scholastic, 175 Hillmount Road, Markham (Ontario) L6C 1Z7.

5 4 3 2 1 Imprimé au Canada 05 06 07 08

Voici Catou.

Elle aime compter.

1+1=2

1 et 1 font 2.
Pour Catou, c'est un jeu.

2+1=3

2 et 1 font 3.

Elle compte tout...

des sapins,

2+2=4

des petits pois

et des genoux par-ci, par-là.

3+3=6

4+2=6

Catou compte tout,
tout le temps.

Elle veut savoir combien il y en a.

5+2=7
A
B
C

4+3=7

Elle compte n'importe quoi...

4 + 4 = 8

des boutons,

des choux

5+4=9

5+5=10

et combien d'orteils
elle a.

Catou compte vraiment tout
Et toi, aimes-tu compter?

LISTE DE MOTS

a	et	quoi
aime	font	sapins
aimes	genoux	savoir
boutons	il	temps
c'est	jeu	toi
choux	le	tout
combien	n'importe	tu
compte	orteils	un
compter	par-ci, par-là	veut
des	petits	voici
elle	pois	vraiment
en	pour	y